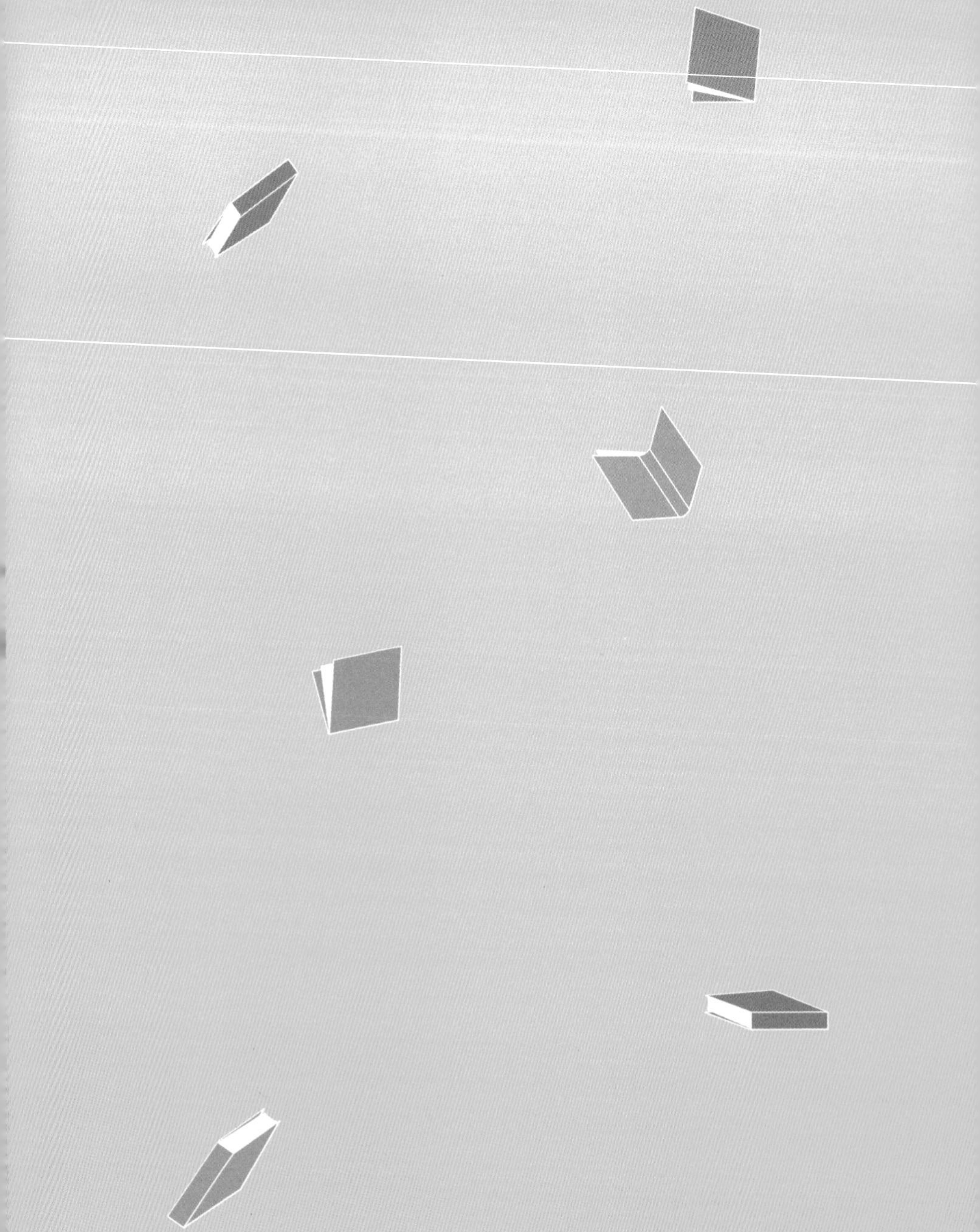

閱讀123

國家圖書館出版品預行編目資料

怪博士與妙博士／林世仁文；薛慧瑩圖
-- 第二版. -- 臺北市：親子天下, 2019.05
172 面；14.8x21公分. --（閱讀123系列）
ISBN 978-957-503-371-2（平裝）
859.6 108002924

閱讀 123 系列 —— 024

怪博士與妙博士

作者｜林世仁　繪者｜薛慧瑩
封面設計｜蕭雅慧
責任編輯｜蔡珮瑤
行銷企劃｜王予農、林思妤

天下雜誌群創辦人｜殷允芃
董事長兼執行長｜何琦瑜
媒體暨產品事業群
總經理｜游玉雪
副總經理｜林彥傑
總編輯｜林欣靜
行銷總監｜林育菁
副總監｜蔡忠琦
版權主任｜何晨瑋、黃微真

出版者｜親子天下股份有限公司
地址｜台北市 104 建國北路一段 96 號 4 樓
電話｜（02）2509-2800　傳真｜（02）2509-2462
網址｜www.parenting.com.tw
讀者服務專線｜（02）2662-0332　週一～週五：09:00~17:30
讀者服務傳真｜（02）2662-6048
客服信箱｜parenting@cw.com.tw
法律顧問｜台英國際商務法律事務所．羅明通律師
製版印刷｜中原造像股份有限公司
總經銷｜大和圖書有限公司　電話：（02）8990-2588

出版日期｜2010 年 1 月第一版第一次印行
2024 年 5 月第二版第八次印行
定價｜280 元
書號｜BKKCD117P
ISBN｜978-957-503-371-2（平裝）

訂購服務
親子天下 Shopping｜shopping.parenting.com.tw
海外・大量訂購｜parenting@cw.com.tw
書香花園｜台北市建國北路二段 6 巷 11 號　電話（02）2506-1635
劃撥帳號｜50331356 親子天下股份有限公司

怪博士與妙博士

文 林世仁　圖 薛慧瑩

目錄

怪博士的新發明

天氣隨身包 005

一定醒鬧鐘 017

萬能電梯 027

神奇橡皮擦 041

天空遙控器 053

世界上最聰明的人 065

妙博士的妙發明

公平透視鏡 077
怪怪月亮升上來 89
蚊子藝術家 101
樹醫生 113
白雲賀卡 127
誰是世界上最聰明的人？ 139

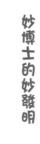

世界上有許多聰明人，有些喜歡住在豪華大廈，天天在電梯裡上上下下跟人比身高；有些喜歡蒐集掌聲，到哪都想聽見閃光燈喀嚓喀嚓響；有些愛玩超人遊戲，一天要趕完七、八件事；有些愛把時間塞進公事包，然後，「咚！」一聲變成鈔票……

不過，也有一些聰明人，喜歡住在地圖上找不到的地方，成天想著奇奇怪怪的事。在他們的腦袋裡，生命就像一場神奇的大魔術，生活就是要好玩。怎麼好玩呢？

嗯……就像……怪博士的新發明！

天氣隨身包

春風吹過怪怪鎮，吹來了一間一間便利超商，吹走了一間一間雜貨店。

這一天，老爺爺的雜貨店也要結束營業了。

大清早，店門口擠滿了一群老顧客。

大家都好捨不得！

「唉，都是便利超商到處開！害雜貨店沒生意。」

「唉，有什麼辦法，誰能阻止時代進步？」

「唉，老爺爺真可憐！」

「唉！」「唉！」「唉！」每個人都唉聲嘆氣，好像小老頭。

七點整，店門打開，老爺爺走出來。咦，竟然紅光滿面！

「嗨，大家好！」老爺爺好像朝陽穿過烏雲，直直走到店門口的招牌下。「謝謝你們來，我有兩個消息要跟大家報告。」

「第一個是壞消息，」老爺爺把招牌取下來：

「雜貨店今天要關門了。」

老爺爺又從後頭取出一面新招牌：「第二個是好消息，怪怪專賣店今天正式開張！」

「怪怪專賣店？」大家全瞪著老爺爺掛上的新招牌。「這是怎麼回事？」

老爺爺笑起來：「昨天，怪博士送來一批貨，說要幫我做生意。」

說完，老爺爺又在牆上貼了一張新廣告：

天氣隨身包，今日隆重推出！

「天氣隨身包？」貓咪姨問：「是不是補品？出門喝一包，不怕天氣變化。」

阿斗伯猜：「是感冒藥吧？傷風感冒，一吃就好？」

糖果姐姐說：「我看是雨衣、陽傘、防晒油之類的組合包。」

微笑老爹搖搖頭：「它明明寫著『天氣隨身包』，應該是把天氣帶在身上，走到哪，帶到哪。」

大家哈哈大笑：「怎麼可能？天氣哪能帶在身上到處走？」

「沒錯沒錯，就是把天氣帶在身上到處走。」

老爺爺朝外一指：「看，怪博士來了！」

大家回過頭。

「唧——！」一聲，一個胖胖的身影跳下單車，鑽進店裡，

丟下一句話：「不好意思，遲到一分鐘！」

大家再轉回頭。

怪博士已經從店裡走出來，手上多了三個小包包。

「這就是天氣隨身包，請多多指教！」

包包打開，裡頭各自裝著一把花雨傘、一件風衣、一副墨鏡。

糖果姐姐說：「哈，我就說嘛！只是跟天氣有關的用品。」

「不不不，」怪博士搖搖手，「仔細看喔——」

花雨傘一撐開，天空忽然下起雨……，淅瀝瀝！嘩啦啦！嚇得大家四處躲……

咦？等一下，雨怎麼只下在怪博士的雨傘上，其他地方一點也沒溼？

怪博士收起花雨傘，戴上墨鏡……眼前忽然亮起來，怪博士全身上下都沐浴在夏日的陽光下。

怪博士又取下墨鏡，披上風衣……哇！他的頭髮全站起來跳舞，衣角都飛到半天高……

可是，沒有人感覺到風。

「表演結束！」怪博士脫下風衣，微笑一鞠躬：「老祖宗說『各人頭上一片天』，天氣隨身包幫你辦到！想出太陽？想下雨？自己決定自己選——而且，絕不影響其他人。」

「哇，好棒！可以自己選天氣！」大家全都鼓掌叫好。

「不過，天氣隨身包的效用只有一天。」

「那有什麼關係？」貓咪姨說：「當天買，當天用，才新鮮！」說完立刻買了五副墨鏡，阿斗伯也買了六件風衣。

糖果姐姐說：「我要一把花雨傘，明天也幫我留一把！」

「我要四副墨鏡，嗯——明天換風衣！」

「我每天都要一把花雨傘！」

「我三種都要！」

大家紛紛搶購，天氣隨身包半小時不到就賣光光。

老爺爺好開心，一張臉亮得像正午的陽光。

這一天，大家都到公園玩。貓咪姨全家戴著墨鏡在大樹下，作日光浴，吃冰棒。

阿斗伯帶著五個孫子披著風衣，在草地上放了一整天風箏。

糖果姐姐和男朋友在池塘邊，撐起花雨傘，詩情畫意的在雨中走了一下午。

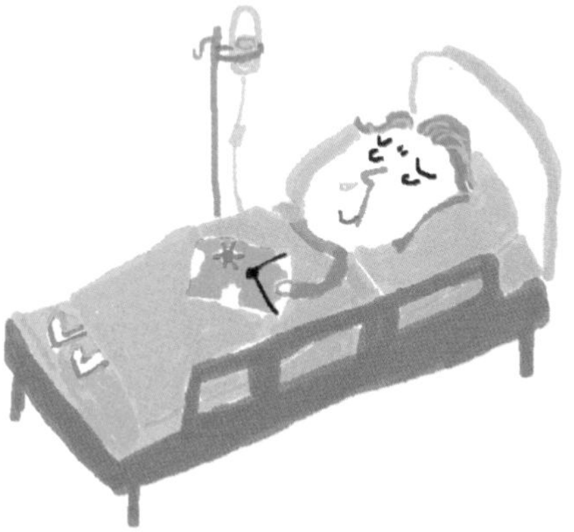

微笑老爹最好奇！他戴上墨鏡、穿上風衣、撐開花雨傘……結果，又吹風、又淋雨、又被太陽晒，沒兩下，就感冒住進醫院。

天氣隨身包愈賣愈好，老爺爺不愁沒生意了！

現在，人人出門都開始自備天氣。大街上，人來人往，每個人頭上都有不同的天氣。放眼望去，果然「各人頭上一片天」！

如果你到怪怪鎮旅遊，看到電視播出這樣的新聞，千萬別驚訝：

明日氣象預報

出太陽 35%

颱風 32%

下雨 33%

這可是氣象預報員天天打電話到怪怪專賣店，詢問天氣隨身包的預訂數量，仔細計算出來的呢！

一定醒鬧鐘

中午，怪怪鎮的首富白魯利來找怪博士。

「我每天早晨都爬不起來，」白魯利好像才剛睡醒：「我想準六點起床，我想去賺更多錢！」

「沒問題，我幫你設計一個鬧鐘，包你準六點醒來。」

第二天，「一定醒鬧鐘」送來了。

這只鬧鐘很特別，一響就會滿屋子亂跑。你不跳起來、抓住它、關掉它，它根本不會停。

可是第三天中午，白魯利揉著眼睛來找怪博士：

「沒有用，我醒來時，它已經跑到沒電了。」

「哦？真不好意思，我立刻更改設計！」

一定醒鬧鐘2號被送到了白魯利的床頭。

怪博士特別提醒：隔天六點一到，它就會一邊響一邊對主人

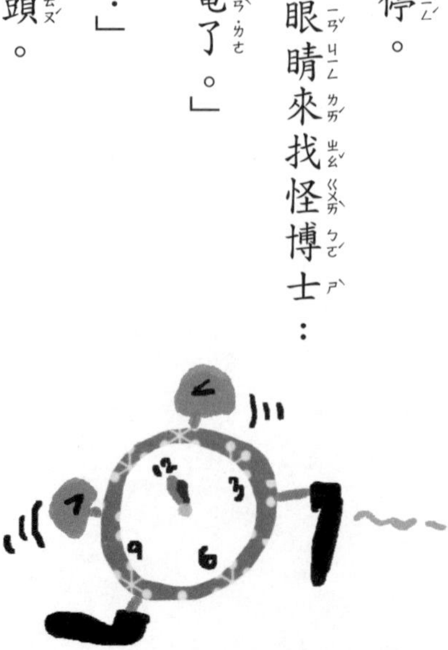

噴水。水還不是自來水，是檸檬汁加胡椒粉！

第四天，白魯利從醫院打來電話：

「沒有用，我一樣睡到大中午，而且一醒來就得了重感冒！」

怪博士臉紅了，他決定下猛藥。

一定醒鬧鐘3號可不是普通鬧鐘，它的脾氣比暴怒的大猩猩還可怕！一響，就會開始敲主人的腦袋瓜，不醒不停止。

「記住，睡覺前一定要戴安全帽！」

第五天中午，白魯利又被送進醫院，檢查有沒有腦震盪。

「怎麼會這樣？」怪博士想不通。但他很快又想出了一定醒鬧鐘4號。

這一次，鬧鐘一響，枕頭就會瘋狂亂搖，連床鋪都會上下劇烈跳動，強度直逼七級大地震。

第六天中午，白魯利的祕書打來電話：「白先生的房子被震垮了，他正忙著搬新家……」

什麼，這樣還叫不醒？怎麼可能？一定醒鬧鐘5號的強度立刻再升級！這一次，鬧鐘一響就會自動升出天線，引來天上的閃電加雷擊，直接將人電醒。

第七天中午，白魯利打來電話：「太可怕了，我剛睡醒就發現新房子被雷劈成了兩半！」

這樣也沒效？難道要用炸藥？

怪博士可不敢真的用炸藥，他怕白魯利到了天堂也還沒醒過來。

「有了！」怪博士想到一個好主意，他問白魯利的祕書：

「白先生最怕什麼？」

「白先生最怕錢不見。」

「哈，我知道了！」怪博士笑起來。

這一次，準成功。

一定醒鬧鐘6號誕生了！

沒有炸藥，沒有閃電，沒有雷擊……只有一段錄音：

「錢沒了！錢沒了！錢被小偷偷光了！」

這下子，包管白魯利睡得再沉也會被嚇醒。

可是，白魯利仍然睡到大中午。

「真不可思議！連你最怕的東西也吵不醒你？」怪博士跑去找白魯利，像看著大怪物。

「對了，還有一件事情我也不明白。你每天都睡到大中午，為什麼看起來還像沒睡飽？」

「有什麼辦法？」白魯利揉揉眼睛，打了一個大哈欠：「我每天忙得要命，清晨五點才睡覺，哪裡睡得飽？」

「什麼？你五點才睡覺，六點就想起床工作？」

怪博士大吃一驚。

看來，他之前全弄錯了。

怪博士笑起來：「我知道要怎麼幫你了。」

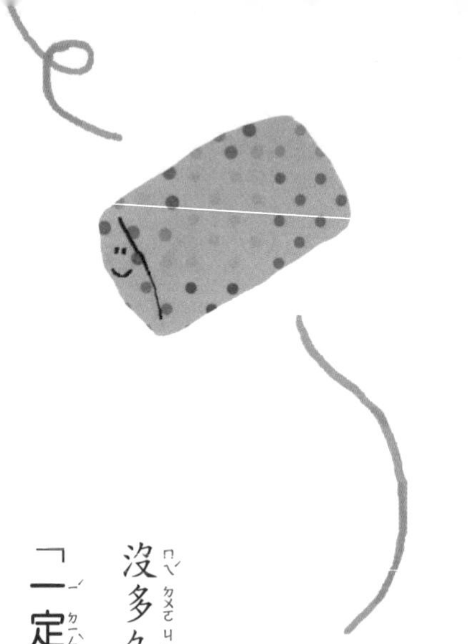

沒多久，

「一定睡枕頭」誕生了！

每天晚上，鐘聲敲響十一下，枕頭就立刻飛上白魯利的腦袋，送他上床。

從此以後，白魯利果然天天準時六點起床。

萬能電梯

怪怪鎮的第一棟大樓落成了！

可是，沒有人想搬進去住。

因為怪怪鎮空地多，大家都喜歡住平房。

建築商來找怪博士幫忙。

怪博士想了想，在大樓底座設計了一個轉盤。

「旋轉大樓！每天讓你看見不同的風景。住得高，看得遠！」

可是，仍然沒有人想住大樓。

怪博士只好再動腦筋，設計了一個萬能電梯。

「萬能電梯？」這下子，鎮民都像小學生看見了新玩具！

「它真的有一萬種功能？」

「不不不，萬能只是形容詞，」怪博士搔搔腦袋，臉紅起來：「它只有一百種功能。而且，我只知道九十九種，剩下一種還沒發現……」

九十九種功能？哇，那也夠神奇了！大樓一下子就住滿了人。

大家都想試一試萬能電梯有什麼好玩？

果然，萬能電梯很不一樣。

首先，它的速度可快可慢：慢起來能讓你看風景、喝咖啡；快起來讓你心臟發麻，像玩自由落體。

其次，它很大，像一個小房間，一按轉換鍵就能變成三百六十度的立體電影院。影片還天天更新，上升時，讓你飛上天去看宇宙；下降時，帶你遊覽地底世界。

而且，大家出門再也不必擔心服裝不整。

背後黏了口香糖？拉鏈忘了拉？放心！電梯裡的鏡子會自動幫

你檢查。

想知道家裡有沒有人？心情好不好？電梯可以預先通報。

電梯還能分辨住戶，啟動不同功能。

想學英文的張先生一進電梯，「叮咚！英文每日一句，請跟我唸……」八樓的李小姐準備去法國留學，一進電梯就聽到法文歌。

外國人來訪，一進電梯，就有中文教學。

想學母語？沒問題！閩南語、客家話、原住民語隨你挑。不論你來自哪裡，走進電梯都能聽到家鄉話。

電梯不但是語言學習機，還能幫小朋友複習功課。

國語能力不好？別怕，電梯教你唸繞口令、背唐詩，外加造句練習。

數學不好？沒關係，電梯教你九九乘法、加減乘除。

起。

不只如此，楊媽媽抱著小寶寶進電梯，莫扎特的音樂就翩翩響

張爺爺進電梯，不但能聽崑曲，還可以收聽新聞和氣象。

如果人太多，空氣悶，電梯還會講笑話。

一天傍晚，天空下起大雷雨。十二樓的王小姐忘了帶傘，一回

來就變成落湯雞。

她匆匆忙忙跑進電梯，一陣暖風忽然從四面八方吹過來。

「咦，電梯還能當吹風機？」叮咚！十二樓到了，王小姐全身乾乾爽爽，走出電梯。

能當吹風機，當然也能當烘衣機！王小姐立刻把家裡沒晾乾的衣服放進電梯，上上下下。叮咚！一家大小的衣服立刻烘得暖呼呼。

「烘衣機？」七樓的趙小姐、九樓的許奶奶、十三樓的劉爺爺一知道消息，都把衣服、棉被帶進電梯。

沒多久，大家全搶著在電梯裡烘衣服。管理委員會只好規定：

上、下班時間，不准烘衣服。

萬能電梯不但能當烘衣機，只要裡頭沒人，它還能當微波爐。

想吃熱騰騰的食物？沒問題，只要請一樓便利超商的店員把便當放進電梯，按好樓層。「叮咚！」門一開，便當自動熱好，香噴噴！

萬能電梯搖出來的泡沫紅茶，更是全國第一好喝。搖搖冰？沒問題；印度拉茶？想得到，就做給你！

大樓的住戶，個個滿意，天天開心。

只可惜，萬能電梯愈來愈盡責，愈來愈像嚴格的老師。

學外語……發音不標準？不准出電梯。

複習功課……答不出問題？不准出電梯。

聽音樂……沒聽完交響樂？不准出電梯。

1加到10等於多少？不知道？不准出電梯！

世界第一高峰是什麼峰？不知道？不准出電梯！

在電梯裡偷放屁？不准出電梯！

……

糟糕，愈來愈多人被困在電梯裡。

王小弟最可憐，一首繞口令：「和尚端湯上塔，塔滑湯灑湯燙塔。」唸來唸去唸不好。上上下下坐了一百趟電梯，還是出不了門。

急著上下樓的人，等不到電梯，又怕坐電梯，只好爬樓梯。

一個月下來，大家都爬得腿痠腳軟，紛紛搬回平房。

唉，怪博士一定很失望吧？

不，他很開心。

「哈！我終於知道萬能電梯的第一百種功能了。」怪博士推推眼鏡，好興奮：「它可以讓大家都去爬樓梯——減肥！」

於是，空空的大樓被改建成了減肥中心。

不管是誰，只要肯住上半年，保證瘦身成功。

而且，住愈高，愈有效喔！

神奇橡皮擦

怪博士又有了新發明——神奇橡皮擦！

神奇橡皮擦很特別，你心裡想擦什麼，就能擦什麼。

怪博士想找人作實驗，看看神奇橡皮擦究竟好不好？他走上大街，一、二、三、四、五，把橡皮擦借給第五位走過來的小朋友。

幸運的小朋友叫阿川。

「神奇橡皮擦？」阿川不信。他擦擦長長的手指甲，哇，乾乾淨淨！用指甲剪也沒這麼快。

「真棒！」阿川興奮得到處**擦擦擦**；怪博士只借他三天，他要好好利用。

阿川經過公園，擦擦擦，把雜草擦短，又擦擦擦，把一叢叢樹，修剪成一隻隻大恐龍。

大街上有好多垃圾，擦擦擦，街道變得好乾淨。

巷子裡失火了！消防車進不去。阿川趕緊擦擦擦，大火立刻熄滅。

呼，累出一身汗……忘了帶手帕？沒關係，擦擦擦，汗水馬上變不見。

回到家，擦擦擦，擦掉哥哥臉上的青春痘。

擦擦擦，擦掉媽媽身上的大肥肉。

擦擦擦，擦掉爸爸嘴上的鬍渣渣。

擦擦擦，房子變得新又新。

晚上，阿川睡得好香甜。

第二天，阿川又帶著橡皮擦出去玩。

下雨了，阿川忘了帶傘。

擦擦擦！哈，雨水不見了。

車子擋住他的路，擦擦擦！車子不見了。

阿川愈玩愈開心，愈擦愈得意，覺得自己是超人。

小狗對他汪汪叫，「哼，敢對我叫？」

擦擦擦！小狗沒了嘴巴，夾著尾巴逃。

貓咪窩在牆角睡大覺。擦擦擦！

貓咪的尾巴不見了，「喵喵喵！嗚嗚嗚！」

阿川回到家，想起明天星期一，要月考。阿川拿起橡皮擦，

擦擦擦，日曆上的星期一不見了！

阿川好開心，繼續打電動。

蚊子嗡嗡嗡飛過來，叮阿川的手。

「哼，敢叮我？」擦擦擦！蚊子不見了。

阿川覺得自己真厲害！整晚好興奮，根本睡不著。

隔天起床，果然變成星期二！沒月考。

沒月考，但是有小考。

阿川考了一顆大鴨蛋！老師好生氣：「三乘八等於十八？

你在想什麼？這麼笨！」

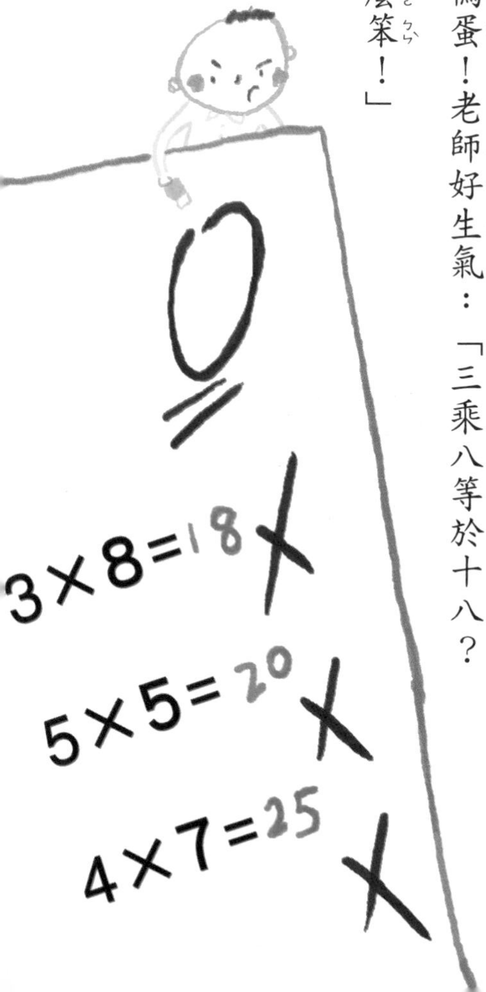

笨？擦擦擦！

老師還在罵：「你真　！

怎麼這麼　？真是　！！！」

阿川好得意。嘻嘻，「笨」字被我擦掉了，老師再也不能罵我「笨」了。

下課時，阿川偷偷跟在女同學背後，擦她們的長頭髮。擦成雞窩頭、擦成樹枝頭、擦成怪怪頭……樣子個個都不同。

「阿川，你好壞！」女同學想打他。

「哼，誰敢碰我，我就把誰擦掉！」

沒有人敢動。

校長叫阿川到校長室，想開導他。阿川拿出橡皮擦，擦擦擦！把校長腦袋裡的想法擦掉。

「咦，我叫你來幹什麼？」校長想不起來，只好請阿川吃糖。

放學了，阿川邊走邊想：「我真了不起，將來當什麼都行！」

嗯……當美容師，消除青春痘，擦擦擦！

當軍人更輕鬆，擦擦擦！就把敵人擦光光。

當醫生也不錯，割盲腸？擦擦擦！

減肥手術？擦擦擦！

哈，我還能當總統，誰不聽話我就把誰擦掉！

擦擦擦！擦擦擦！擦擦擦的世界真美妙！

阿川愈想愈得意，一不小心，撞到一位胖先生。

「哼，敢撞我？看我擦掉你！」

阿川拿起橡皮擦就想擦，一抬頭……

哎呀！是怪博士。

怪博士一伸手，收回橡皮擦。

唉，想不到神奇橡皮擦這麼可怕？才三天就讓人變壞！

怪博士連續看了三天「錄影小蜜蜂」傳回來的影像，愈看愈失望。

一回家，怪博士就把橡皮擦丟進「怪點子回收桶」。他想：有些發明還是不要發明的好。

天空遙控器

怪怪鎮舉辦愛心義賣，怪博士從實驗室裡挑出一樣新產品，送到露天展場。

「遙控器？」鎮長的笑容一下凍結在臺上：「怪博士，您……您在開玩笑吧？」

臺下也傳來一陣失望的聲音。

誰家沒有搖控器啊？

「這不是普通的遙控器，」怪博士走上臺，微微笑：

「是天空遙控器！」

「天空遙控器？」所有人的眼睛都亮起來，好像裝了新電池。

「嗯，有了它，天空除了能下雨，還能下別的東西。想下什麼，就下什麼！」

「真的？」

這下子，大家的眼睛全變成了探照燈，直直照過來。

「瞧，這是口香糖遙控器。」怪博士舉起遙控器，對準藍天，按了一下。

天空立刻下起口香糖雨。

「哇，口味好特別，從來沒吃過！」

「我的口香糖會唱歌！嚼得快，唱得快；嚼得慢，唱得慢。」

「我的可以吹泡泡——你看，吹出機器人！」

天空遙控器真神奇！種類還不少。

大家立刻搶著買！

短髮妞妞買的是衣服搖控器，一按，

天空就掉下好多新衣服，樣式從來沒見過。

阿水嬸買的是土雞遙控器，一按，土雞滿天飛，每隻都有三雙翅膀。「哈哈！天雞果然不一樣，我可以天天滷雞翅膀！」

貓咪姨買的是動物遙控器，一按，奇奇怪怪的動物紛紛出現。「哇，我可以開一家怪怪動物園！」

只有微笑老爹買〇香糖遙控器，天天嚼著口香糖、吹機器人。

天空遙控器賣得太好了，供不應求。最後，怪怪鎮家家戶戶人手一支。

想吃飯，不用炒菜，出門按一下食物遙控器，從來沒吃過的美食立刻落下來。

想出門，按一下交通遙控器，超級跑車立刻從天而降。

想玩，按一下玩具遙控器，全新玩具保證讓你大開眼界。

鎮長送給怪博士一個愛心感謝狀，稱讚他：「您的偉大發明解決了我們的所有問題，請問您是怎麼辦到的？」

「呵呵，說實話……我也不知道。」怪博士臉紅了：「我只是偶然發現一種新物質，可以接收很多新東西。」

鎮長的臉也紅了。他好興奮！他想到一項偉大計畫——用天空遙控器來創造一座全新的市鎮。

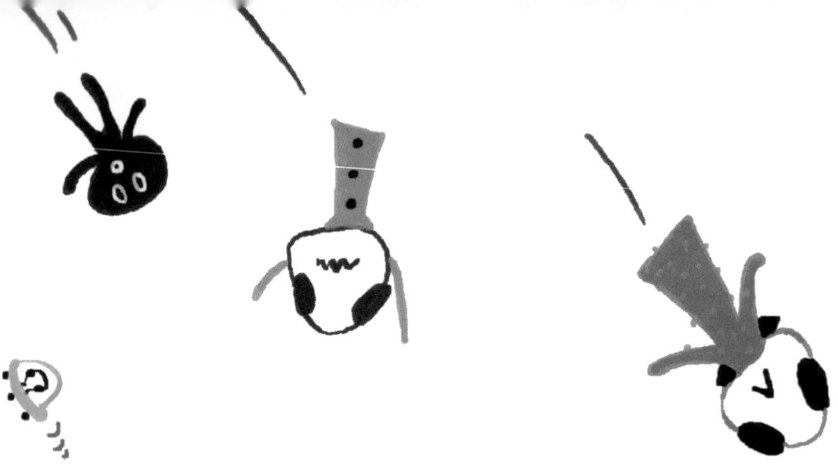

鎮長選了一塊空地，按下家具遙控器，天空立刻落下大大小小的家具。

鎮長又按了一下房子遙控器……

奇形怪狀的房子落下來，正好蓋住家具。

「再來一些機器人，做家事。」

鎮長按下機器人遙控器……

天空沒掉下機器人，卻掉下一堆外星人。

大家好開心，拍手鼓掌：「哇，天空遙控器真厲害，還可以下外星人！」

可是外星人一落地，個個都脹紅臉，很生氣。

「哼，我們的東西老是不見，原來都被你們吸到這裡來！」

「太可惡了，連我們的房子也敢搶？」

怪博士摸摸腦袋：「哈，我明白了。原來天空遙控器是——宇宙超級吸鐵！」

鎮長也摸摸腦袋。他好怕外星人敲他的腦袋！

鎮長不斷道歉，連忙請大家端出食物招待外星人。

氣嘟嘟的外星人，才張嘴吃了一口……

「哇，這是什麼？真好吃！」

「蛋炒飯。」

「還有別的嗎？」

「當然有。」

燙青菜、燉豆腐、烤地瓜……外星人愈吃愈歡喜，就連白米飯，也一連吃上好幾碗。不止食物，地球上的東西，外星人樣樣都覺得好新鮮，好特別！

不一會兒，外星人打結的眉毛鬆開了，彎下的嘴角上揚了，冬天的臉龐上露出了春天的微笑。

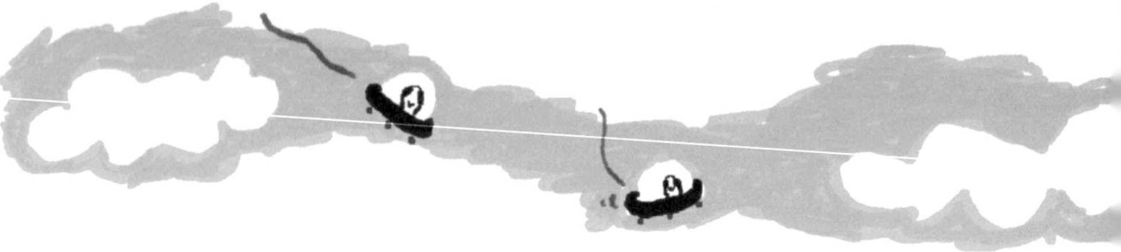

於是，「天空遙控器」變成了「天空交換器」。

還想要奇奇怪怪的東西嗎？沒問題，只要用地球上的東西交換，一按按鈕，外星人立刻快遞送到！

世界上最聰明的人

怪博士發明了好多新東西，讓大家驚喜不斷，讚嘆連連。

「怪博士真聰明！」

「怪博士萬歲！」

「我們應該好好謝謝怪博士！」

「對！」鎮長說：「我們要頒一個大獎盃給怪博士。」

獎盃立刻做好了，上頭閃著幾個金光大字——

全世界最聰明的人。

「這個獎盃很特別，盃上的獎項名稱可以自由變換！」鎮長得意的說：

「怪博士可以輸入任何他喜歡的獎項——古往今來最聰明獎、宇宙無敵大智慧獎、史上最佳金頭腦獎……，要每天變換也行。呵呵，這是我的新發明！」

可惜，怪博士好像不太欣賞鎮長的新發明。

他不想出席頒獎典禮。

「您不來怎麼可以？」鎮長在電話裡說：「典禮之後，還有全國最好的交響樂團和國樂團，聯合首演新樂曲。」

「新樂曲？」怪博士的聲音亮起來，好像接到中獎電話：「好好好，我去！我去！」怪博士最愛聽音樂了。

頒獎典禮在鎮中心的廣場舉行，三位評審和十三位政府官員排排坐在臺上。鎮長手上拿著大獎盃，笑得牙齒像獎盃一樣亮。

怪博士不肯坐在貴賓席，一來就坐在鋼琴家旁邊。

他想幫忙翻樂譜。

司儀說：「請大家用熱烈掌聲，歡迎怪博士上臺領獎……」

「啪！啪！啪！」「啪！啪！啪！」

「嗡！嗡！嗡！」

咦，什麼聲音？

大家抬起頭。半空中出現一行字：等一下！

字還不斷發出怪聲：「嗡！嗡！嗡！」

哇，是一群蚊子！

蚊子一下散開，

「嗡！」「嗡！」「嗡！」……

「唉喲！」「唉喲！」

「唉喲！」……

十三位官員的額頭上都腫起一個小包包。

噢，不是小包包，是字！

按著順序讀，十三位官員的額頭上寫著：

妙—博—士—才—是—世—界—上—最—聰—明—的—人。

「妙博士？」第一位胖評審愣了一下。

「妙博士是誰？」第二位瘦評審愣了兩下。

「妙博士住在哪裡？」第三位不胖不瘦評審愣了三下。

「嗡！」「嗡！」「嗡！」

「唉喲！」「唉喲！」「唉喲！」

三位評審的鼻子上又出現三個字，按著順序讀過去是：

妙—妙—城。

這下子，臺下的觀眾都懂了。

「妙妙城裡有一位妙博士！」「蚊子說妙博士更聰明！」

「妙博士才是全世界最聰明的人！」

鎮長皺起眉頭：「蚊子說的話能信嗎？」

唉喲！他也被叮了一下。

這一下，頒獎暫停。

為了公平起見，十三位官員覺得評審應該到妙妙城去一趟，看看妙博士是不是更聰明？

「可是，我們連妙博士這個人都沒聽過！」胖評審推推眼鏡。

「對阿，他發明時，沒有人在場，我們怎麼知道他有沒有作假？」瘦評審抓抓鬍子。

「沒錯，除非我們能回到過去，親眼目睹。」

不胖不瘦評審沒戴眼鏡，沒有鬍子，只好摸摸鼻子上被蚊子叮出來的小包包。

「沒問題，交給我！」臺下的怪博士跳起來，眼睛閃閃發亮。怪博士最喜歡解決問題！

一個月後，怪博士造出了一架新飛機，圓圓的，像甜甜圈。

「時光機。」怪博士對三位評審說：「只要坐上它，你們就可以飛回過去，親自觀察妙博士的發明過程。對了，它

還可以縮得像蚊子一樣小，不怕被看見。」

「真棒！」胖評審推推眼鏡，「我看妙博士絕對比不上怪博士，這種機器他就發明不出來！」

「為了證明，我們還是得去瞧一瞧。」瘦評審抓抓鬍子。

「哇，等不及了！我們趕快出發吧！」不胖不瘦評審摸摸鼻子上的小包包。

三位評審立刻坐上時光穿梭機，飛向妙妙城。

以下，便是時光機飛回過去，偷偷觀察妙博士，現場拍攝下來的「實況轉播」。

公平透視鏡

妙博士一早醒來，看到機器人叮咚頭上閃著紅燈。

「哦，有電話！」妙博士按了一下叮咚的肚臍眼。

「叮咚！」叮咚張開嘴巴，傳出動物園園長的聲音：「動物大罷工，請快來！」

妙博士跳下床，抓起毛巾、牙刷和一塊三明治。

「叮咚，出發嘍！」

叮咚立刻彎下腰，兩手撐在地上，變成一輛太陽能汽車。妙博士坐上車，刷牙、洗臉，吃完三明治，正想喝口水，「叮咚！」已經到了動物園。

叮咚又變回機器人，跟在博士後頭。

動物園裡鬧轟轟，好多工作人員對著動物又跳腳、又揮手，大吼大叫。

柵欄裡的動物卻不理人。

鴕鳥把頭埋在翅膀裡；猴子在樹上露出紅屁股；大象趴在地上，大大的耳朵矇住眼睛；河馬窩在水裡，只露出大鼻孔；黑熊窩在樹下像一塊黑石頭，斑馬躺在地上像倒下來的雕像；獅子、老虎乾脆窩在洞裡不出來……

園長對妙博士說：「你看！你看！動物都不肯好好讓遊客看，叫也沒用，罵也沒用。遊客愈來愈少，怎麼辦？」

「不急，不急，我來問問牠們。」

妙博士打了個手勢，機器人叮咚立刻彎下腰，變成一架鋼琴。妙博士叮咚叮咚彈了一首又一首好聽的音樂。

躲著的動物探出頭，躺著的動物站起來。牠們抬起頭，聽著音樂，看著妙博士。

妙博士微微笑，戴上語言翻譯機：「怎麼啦？你們生病了嗎？」

「你才生病了！」猴子翹起下巴。

「嗯，聲音很大，果然沒生病。」妙博士把音量調小，臉上還是微微笑：「那是怎麼回事？」

一隻梅花鹿說：「我們不想被人看。」

「為什麼？」

獅子張大嘴巴：「遊客什麼都要看，我吃東西，他們要看。」

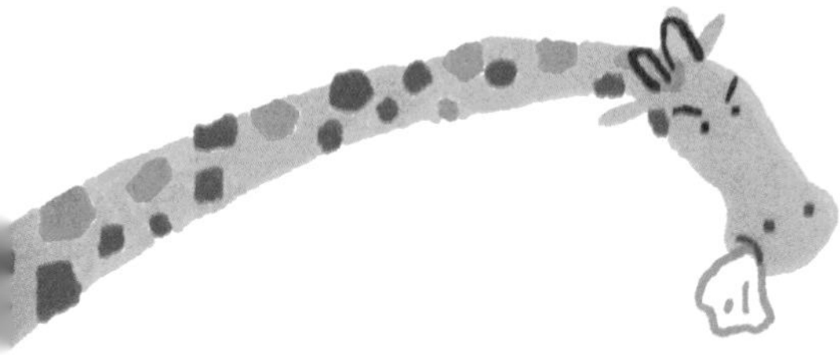

黑熊打了一個哈欠：「我睡覺，他們要看。」

小鹿嘟起嘴：「我洗澡，也要看。」

小猴插著腰：「連我尿尿也要看，羞羞臉！」

長頸鹿搖搖長脖子：「還拿石頭丟我！大聲嚇我！騙我吃塑膠袋！」

一隻紅鶴抬起頭：「不管我們做什麼，人類全部都要看。不公平！」

「對，不公平！」其他紅鶴跟著抬起頭：「遊客從來不跳舞、不洗澡、不尿尿給我們看。我們都看不到他們**全部**的樣子。」

妙博士想了想：「嗯，的確不公平！沒關係，我幫你們想辦法。」

妙博士回到家，三天三夜不出門，想啊想，想啊想……叮咚！

想出一個妙發明：**公平透視鏡**！

妙博士告訴動物：「這是一種透明妙玻璃，又公平又神奇，有透視能力。誰看你打哈欠，你就能看到他打哈欠的樣子；誰看你尿尿，你就能看到他尿尿的樣子；誰丟石頭欺負你，你就能看到他被別人欺負的樣子。當然，如果有人對你們好，你們也能看到別人對他好的樣子……很公平吧？不過，你們不能說出去，連園長也不能說喔，這是祕密。」

「好！」動物跟妙博士打勾勾。

於是，動物四周圍起了透明玻璃。

妙博士告訴園長：「這是好心情玻璃，能讓動物心情好。」

果然，玻璃一裝上，動物心情都變得很好。

遊客一來，動物全搶著跑出來。遊客瞪著大眼睛看動物，動物也瞪著大眼睛看遊客。遊客好高興，動物也好高興。

剛剛尿完的小鹿偷偷笑：「嘻，原來那個小男生會尿床！」

滑了一跤的猴子，揉著屁股說：「哈，那位撐洋傘的小姐踩到香蕉皮的樣子好好笑！」

臭鼬放了一個屁，捂著鼻子說：「噁，那個穿西裝的人會在公車上偷放屁。」

……

動物園的生意又變好了，不，變得更好了！

園長很滿意：「好心情玻璃真管用！動物天天都好開心。」

遊客也很滿意：「對啊，動物愈來愈可愛，會表演各種把戲，尿尿、倒立、翻筋斗、耍猴戲，還會學小丑滑一跤！真好玩！」

二 怪怪月亮升上來

連續幾天，妙博士都待在實驗室裡埋頭工作，只有晚上才抬起頭，望著窗外發呆。沒有人知道妙博士在忙什麼，機器人叮咚守在門外，風也進不去，雨也進不去，只有月光偷偷從窗口溜進去。

一天晚上，妙博士工作結束，走到窗邊，對著夜空伸了一個大懶腰；高高伸起的左右手，好像一個大大的V。月亮眨了一下眼睛，微笑的落下山。

第二天，月亮竟然變得不一樣！最先發現的是城東邊的工程師太太。工程師在家裡盯著電視，太太忽然問他：「你愛不愛我？」工程師想也沒想，就對太太唱起老歌：「你去想一想，你去看一看，月亮代表我的心！」

工程師太太果然走到陽臺看月亮。
這一看，不得了，當場就跟先生大吵一架。
月亮的形狀，竟然是她最討厭的榴槤！

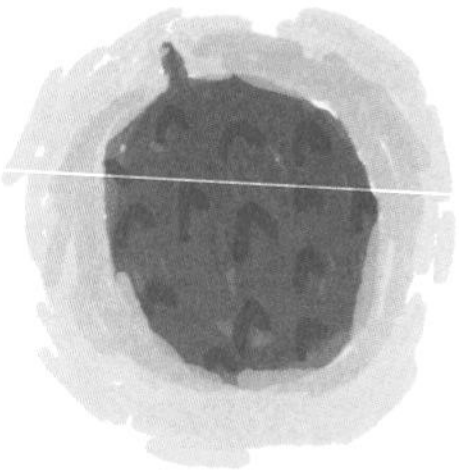

又大又亮的榴槤在天空中，由東走到西，照得人們一個一個瞪大了眼睛、張大了嘴巴，想不明白：月亮怎麼變成了榴槤？

隔天晚上，人們更驚訝了。從東邊升上來、閃閃發光的，竟然是一個大枕頭！大枕頭一邊走，還一邊哼著柔柔的催眠曲。

第三天傍晚，夕陽才剛落下山，所有人都跑到戶外，望著東邊的天空。七點不到，大家同時發出一聲驚嘆！

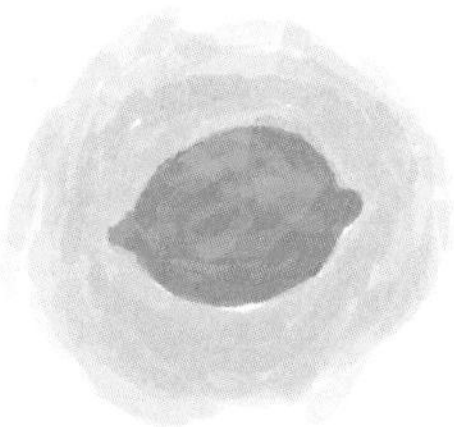

一輪「有點圓又不太圓」的發光體緩緩升上天空……哇，是檸檬！

亮亮的檸檬照著城市，淡淡的檸檬香飄過大街小巷。一位音樂家得到靈感，立刻譜出一首歌：

「月兒像檸檬，高高的掛天空……我倆搖搖盪盪，散步在檸檬一般月色中。」

第四天，電視臺開始實況轉播「月亮」升空的畫面。新聞記者紛紛訪問天文學者、美容專家、心理學博士、命理大師……所有專家都提出不同的解釋。

有人說月亮生病了，可怕的病毒害它天天變形。有人說月亮得了失憶症，忘了自己是誰。有人說月亮進入青春期，天天想叛逆……

一家美容院公開宣布：「其實，月亮是我們的新客戶，造型才會天天不一樣！慶祝月亮變臉成功，即日起五折大優待，兩人同行，一人免費！」

綜藝節目推出了「猜猜看」有獎徵答：

「猜一猜，明天晚上會升起什麼樣的月亮？

1.電燈泡月亮　2.小天使月亮　3.大嘴鳥月亮

4.洋蔥頭月亮　5.魔術方塊月亮……」

人們天天猜，天天都猜錯。怪怪月亮仍然天天升上來。

河豚月亮、燈籠月亮、章魚月亮、機器人月亮……

選美協會開始幫這些怪月亮打分數。

最佳點子獎由十五日升空的「地球儀」獲得——地球儀繞地球？嗯，創意好特別。得到**最佳效果獎**的，是二十七日的「毛毛蟲」——這隻發光的毛毛蟲在落地前一刻，忽然變成美麗的大蝴蝶，還發出七彩的光芒！**最佳溫馨獎**由十六日的「哆啦A夢」中選——圓圓的、藍藍的、微笑的哆啦A夢一升空，各地都傳來一陣歡呼！所有大人都想起小時候的夢想；所有小孩都在窗口邊招手，希望哆啦A夢幫他們寫功課。

最佳點子
最佳效果
最佳溫馨

有人突發奇想，希望月亮變成他們想要的模樣。他們把圖形畫在天燈上，送上夜空。還有人希望太空人再到月球去一趟，查明真相。各家記者忙著比賽誰先解開謎團……

終於，在怪怪月亮升上天空的第三十個夜晚，一家電視臺記者找到了答案。

原來，一切都是妙博士的傑作！

「月亮天天上夜班，工作了好幾十億年，累得想放假。」妙博士在鏡頭前微微笑：「他想到宇宙邊邊去旅行。所以，我設計了三十個人造月亮，讓月亮可以放三十個心，開開心心去玩一個月。」

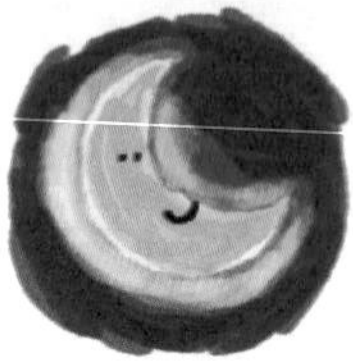

果然，第二天，大家又看到熟悉的月亮回來了。

大人鬆了一口氣，紛紛回到屋裡繼續看電視。

只有小孩盯著月亮，忍不住悄悄問：「月亮，月亮，你什麼時候再請一次假？」

蚊子藝術家

晚上，妙博士在讀書。機器人叮咚站在旁邊，眼睛盯著書，射出八十燭光的亮光。

「呃，太亮了。」妙博士搖搖頭。

叮咚眨眨眼睛，把燈光調回六十燭光。

一隻蚊子飛過來。

「叮咚！」機器人發出警告聲，伸出手……

「等一下！」妙博士大喊一聲。蚊子從叮咚快合上的手掌落到桌面；只差零點零一公分，他就被打死了。

妙博士抽出一張面紙，小心的把蚊子移到橡皮擦上，讓他坐好。蚊子嗡嗡嗡的一直揉眼睛。

妙博士戴上語言翻譯機……哦，原來蚊子在哭。

「嗚……當蚊子真可憐！人見人打沒人愛，嗚……連機器人都要打我！嗚……」

「乖，不哭不哭！」妙博士安慰他。

「沒人喜歡蚊子，」蚊子還是繼續哭：「看到我就喊打！」

「你不叮人，人也不會打你。」

「我有什麼辦法？牛要吃草，魚要喝水，我們蚊子天生下來就要叮人。」

「這倒是。你不叮人，會餓死。」妙博士點點頭。

「而且，我只是吸一點點血。」蚊子又哭了：「人流鼻血，又不會打死鼻子。我只叮一下，就要打死我，真殘忍！」

「嗯，蚊子吸的血的確很少。」妙博士心算了一下：「你吸幾百次也比不上人流一次鼻血……這樣吧，我幫你想想辦法。」

蚊子不哭了。他看著妙博士，一連看了三天三夜。妙博士手撐著下巴，也看著蚊子，一連看了三天三夜。

好多點子在妙博士腦海中「嗡嗡嗡！」的飛來飛去。

「不好……不好……」妙博士的眼皮眨來眨去，腦袋「嗡嗡嗡！」的繼續想來想去。

終於，妙博士大笑一聲，站起來：

「有了！」

他悄悄告訴蚊子。蚊子高興得拍拍手，繞著妙博士「嗡嗡嗡！」的飛了三百圈。

過幾天，一群蚊子大隊悄悄飛進妙博士的家，又悄悄飛了出去。

接著，妙妙城就發生了妙妙事。

一位男生半夜被蚊子吵醒，氣得想打蚊子，

「咦？這是什麼？」

男生手臂上的包包有點不一樣，仔細看，是一個好酷的字：帥！

一位女生半夜讀書，腳好癢，正想打蚊

子，「咦？這是什麼？」

她小腿上的包包好漂亮，是一朵彩色的玫瑰花！

……

這一晚，所有被蚊子叮到的人，都發現蚊子在他們身上留下好特別的「刺青」，有些是字，有些是圖。

只可惜，這些美麗的包包一天就消失了。

「真想再被叮一下！」

「對啊，不知道下一次會是什麼包包？」

有了美麗又免費的刺青，被叮一下算什麼呢？

妙妙城裡的人都開始期待蚊子！

蚊子也很貼心，刺青圖案週週更新。

喜歡字的人，開始蒐集字。

一個字不夠看？沒關係，多叮幾次就

行。像紹偉就收集到四個字：我—我—愛—你（可惜多了一個我，聽起來像口吃）。

阿樹最高興，他蒐集到的是：精—忠—報—國！

喜歡圖案的人，一見面就互相比較。

「哇，你的包包好漂亮，是蝴蝶蘭！」

「你的才漂亮，是小白兔！在哪叮的？快告訴我！」

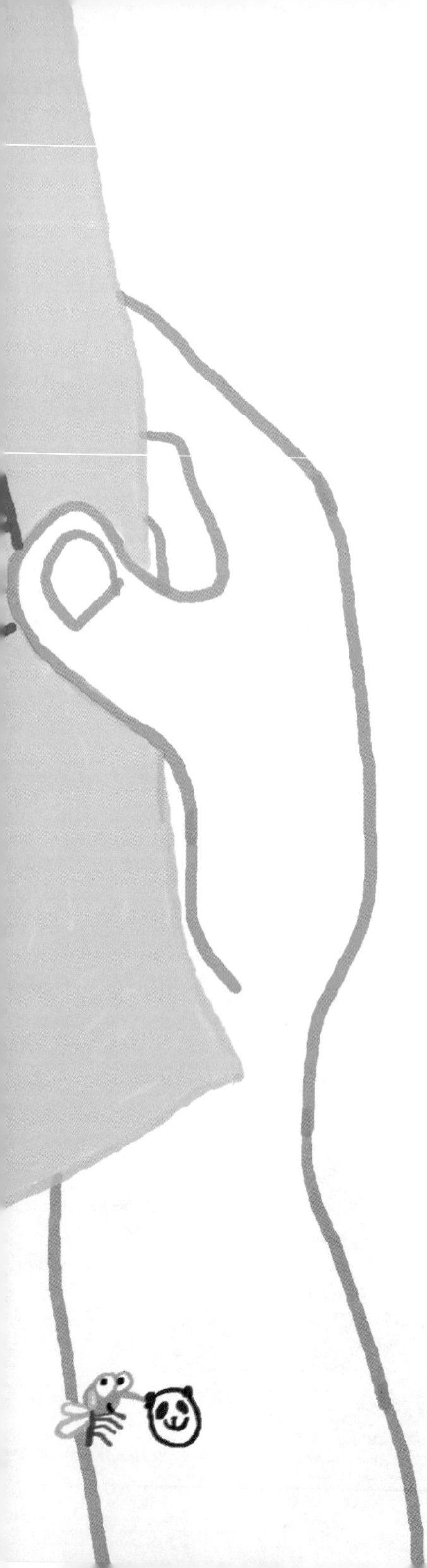

蚊子愈來愈忙，白天也開始加班。

外國人也紛紛跑來，他們都想體驗一下「蚊子刺青」，

而且指定要刺中文字。

精明的報紙立刻找上妙博士，週週刊出蚊子刺青的預告。

下面就是最新消息：

蚊子刺青本週公告

蚊子服務地點	刺青圖案
公園	可愛動物
電影院	美麗花紋
辦公大樓	中文字
住家	最新電腦火星

詳細目錄請上網查詢：

http://www.蚊子藝術家com

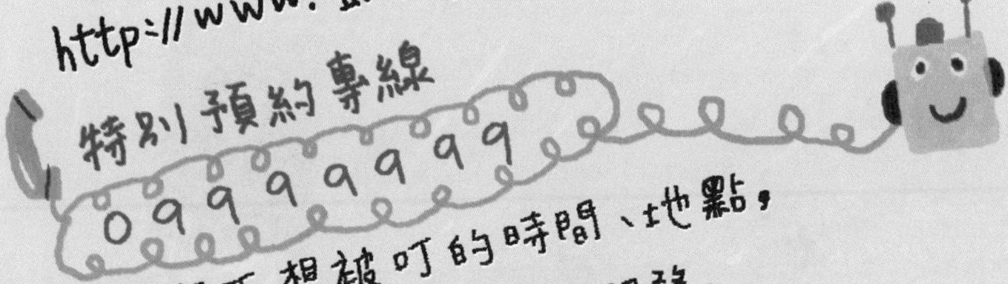

特別預約專線

099999999

請留下想被叮的時間、地點，

蚊子藝術家準時為您服務。

數量有限，預訂請早。

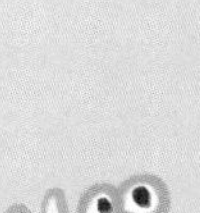

午夜三點，妙博士累得睡著了，機器人叮咚繼續幫剛出生的小蚊子上藝術課。

不久之後，等這些小蚊子長大，他們就可以自己設計刺青圖案，成為真正的蚊子藝術家了！

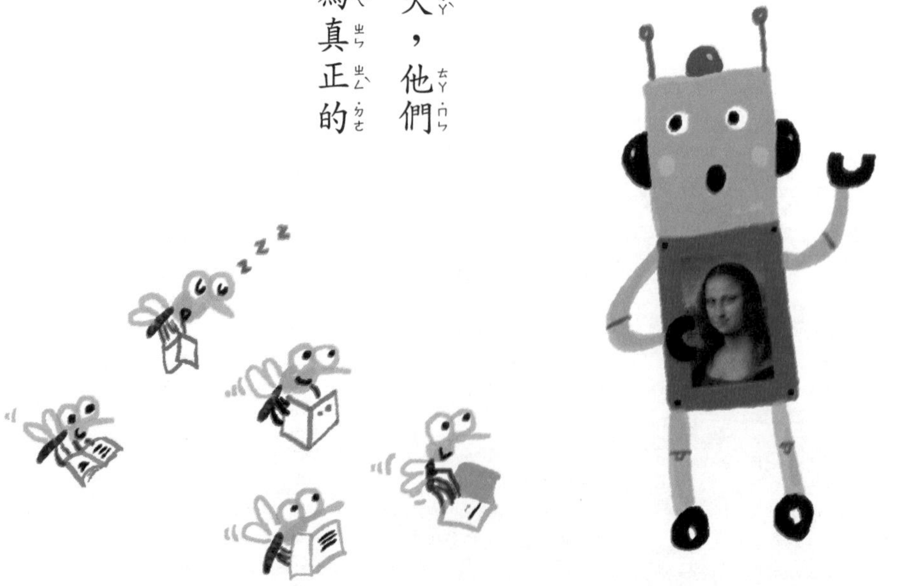

樹醫生

妙博士睜開眼睛，發現世界變成綠色的。

大大小小的綠葉飛得到處都是，床上、桌上、牆上……連機器人叮咚都變成綠色的。

「樹葉電報！」叮咚抓起身上的綠樹葉，開始翻譯。

妙博士還想賴床，耳朵卻被吵醒了。

「快來救樟樹爺爺！」「快快快！來不及了！」

「樟樹爺爺快被鋸掉了！」……

樟樹爺爺？圓環上那棵五百歲的老樟樹？

妙博士這下全醒了，手一揮，叮咚立刻彎下腰變成滑板。

「滑板太慢，換噴射機！」

「叮咚！」機器人馬上變身，咻！三秒鐘就飛到了圓環。

工人拿著電鋸，準備鋸掉樟樹爺爺。

「刀下留人！」妙博士大叫。

叮咚糾正他：「樟樹不是人，鋸子也不是刀子。」

妙博士沒時間回嘴，情況緊急，他直接站在樟樹爺爺前面，張開雙手：「停停停！你們瘋啦！怎麼可以鋸樟樹爺爺？」

「不是我們瘋了，是樟樹爺爺瘋了！」工人指著四周的車子。

妙博士這才發現圓環邊停了好多車，

每一輛都被樹枝砸得凹凹凸凸。

市長戴著安全帽走過來。「樟樹爺爺老糊塗了，看到汽車就砸，不鋸掉不行！」

正說著，電視臺的採訪車開過來，剛要停，幾根樹枝從空中飛下來，準準砸中車頭，嚇得採訪車趕緊後退。

「你看你看，就是這樣，只要車子一開過來，它就砸！」市長說：「脾氣這麼壞，不鋸掉怎麼行？」

「不能鋸，怎麼能鋸？」另一群人擠過來：

「樟樹爺爺是我們的寶貝，不能鋸！」

兩邊人吵來吵去。

「等一等，先讓我跟樟樹爺爺談一談。」

妙博士戴上語言翻譯機，

「樟樹爺爺，您怎麼亂砸車呢？」

「我討厭汽車！」樟樹爺爺的口氣

好凶。

「您在圓環待這麼久，不早就習慣汽車了嗎？」

樟樹爺爺不說話，好久好久，忽然哭了起來：「我……我想家。」

「家？」妙博士嚇一跳：「這裡不就是您的家？」

「誰說的？以前這裡哪有汽車？哪有高樓大廈？連馬路也沒有！」

嗯，樟樹爺爺小時候，這裡是森林，根本沒有妙妙城。

可是……總不能把馬路拆掉，把樓房拆掉，把汽車趕跑，把這裡再變回森林吧？圍在圓環邊的人又分成兩派，吵了起來。

「拆馬路不如鋸樹！」

「不行，樟樹爺爺從小看著我們長大，是妙妙城的寶貝，不能鋸！」

妙博士搖搖手：「請等一下，讓我想想辦法。」

他繞著圓環走來走去，想來想去……

叮咚！有了。

「只要大家配合，不必鋸樹，也不用拆馬路。」

妙博士立刻開始工作。傍晚，所有車子都漆上了一層「變形漆」，只要一開近圓環，外觀就自動變形：卡車大象、公車河馬、汽車老虎、機車山羊……

喇叭聲也跟著變成「咩咩咩！」「吼吼吼！」「吱吱喳喳！」「啾啾啾！」……

咩/
|咩

四周的樓房呢？外牆全披上花草植物，變成森林大廈。

連馬路都塗上「流水漆」，斑馬線看起來好像浮在水面上的橋。

樟樹爺爺好開心，好像又回到小時候。

圓環變得好特別，成了新的觀光景點。

市長好滿意，大聲宣布：「從今天開始，這裡就叫作樟樹圓環！」

妙博士好累，他只想回家睡覺。

回到家，一進門……咦，怎麼床上又有一片小樹葉？

原來，是室內盆栽發來的電報：「我們的主人太笨了，不是亂澆水就是好幾天都忘記澆水！」

「哈，這個簡單！」妙博士兩秒鐘就想出了新點子。

他招招手，機器人叮咚立刻飛出窗口……

第二天，全城的盆栽上都多了一個顯示器。仔細看，它們還會隨著植物的心情閃出不同的字：「該澆水啦！」

「我要晒太陽！」「停停……作水災了啦！」

「我需要陰影！」

「請換一首好聽的音樂！」……

現在，城裡的盆栽都跟
樟樹爺爺一樣快樂。

白雲賀卡

五月的第二個星期天，妙博士從媽媽家吃完午餐回來，看見門口聚集了一群貓狗。

「汪汪汪！」「喵喵喵！」「汪汪！」「喵喵！」「汪！」「喵！」

「汪—汪！」「喵—喵！」……

「等一等！等一等！」妙博士戴上語言翻譯機。

「好了，請說，一個一個說。」

結果，所有汪汪汪、喵喵喵說的都是同一句話：「我們想幫媽媽過母親節！我們想送媽媽卡片。」

妙博士好高興：「不錯，不錯，你們都很有孝心！」

「可是，我們從小就離開媽媽，不知道媽媽在哪裡？」

「而且我沒錢買卡片。」「我不會寫卡片。」「我不會寄卡片。」

嗯……這是有點小麻煩。

妙博士想了一下：「有了！我們來做一張特別的卡片，不用錢，而且一定能找到媽媽。你們先想一下要跟媽媽說什麼話，三個小時之後來找我。」

三個小時之後，所有貓狗都回來了。妙博士的院子裡，
多了一臺大機器。

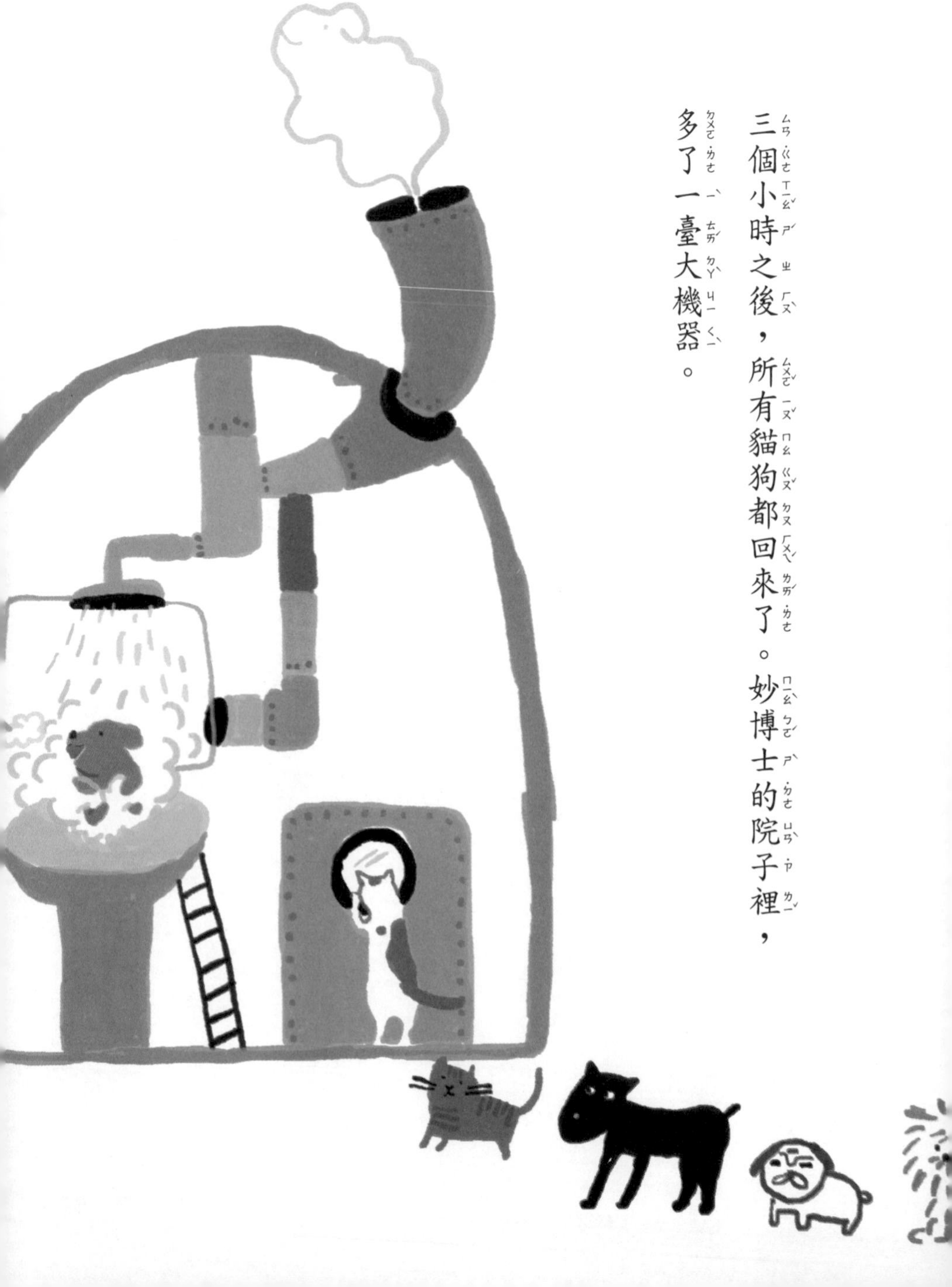

「白雲賀卡製造機！」妙博士說：「請排好隊，一個一個走進去，想對媽媽說什麼話，就大聲說出來。」

小土狗第一個走進去。白雲麵粉灑下來，包住他，又搓又揉，好像媽媽的手抱著他，好像媽媽的嘴親著他。小土狗汪汪叫，說了好多想念的話、祝福的話，還唱了一首歌……

一朵小土狗雲飄上天空。

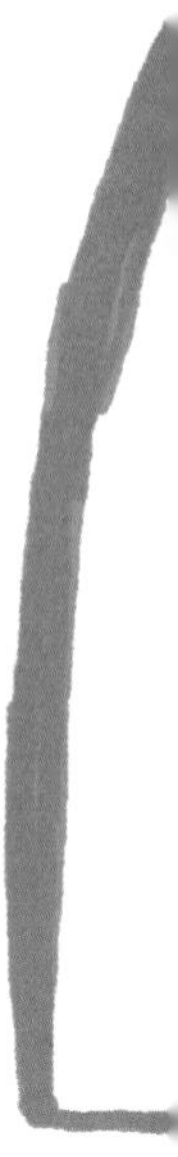

「這朵雲，包著你的氣味、口水，還有毛髮。媽媽一聞到，就知道是你。只要找到媽媽，白雲賀卡就會自動播放你的祝福。晚上，它還會變成白雲枕頭，把你帶到媽媽的夢裡。」

「哇——」所有貓、狗都好興奮，一隻一隻跑進去，又跳舞，又唱歌，說了好多好多話，流下

高興和想念的淚水。

大大小小的白雲狗、白雲貓飄了出來。

「汪汪汪！」「喵喵喵！」飄出小城，飄向遠方……

「對了，我在白雲麵粉裡加了回信卡。晚上，你們也可以收到媽媽的白雲卡片。」

「耶！萬歲！」

所有貓、狗都充滿期待，開開心心的回家了。

只有機器人叮咚悶著臉，低著頭。

「怎麼啦？」妙博士問：「太陽能用完了？還是想出去玩？」

叮咚頭上的紅光一閃一閃。「我——也——想——過——母——親——節。」

「母親節？呃……這……這個……」這下換妙博士結巴了。

機器人哪裡有媽媽呢？

叮咚頭上的紅光變得好暗淡。「我沒有關於媽媽的記憶。我不知道媽媽是誰？機器人不會生機器人，所以機器人不是我的媽媽。」

「我的身上有各種金屬、螺絲、彈簧……可是，它們只是我的組合零件，不是媽媽。」

「我可以變成飛機、汽車、船……但是，交通工具也不是我的媽媽。」

「嗯，你很聰明。」妙博士嘆了一口氣。叮咚的電腦程式設計得太好了！什麼都想得到。

「媽媽究竟是什麼呢？」

「嗯……」妙博士想了好一會兒。「也許可以這麼說，媽媽，就是給你生命的人。」

「給我生命的人？」叮咚眼睛一亮：「那我知道了！我是你製造的，你是我的媽媽！」

「不不不，我是男的……」妙博士的手都快搖成扇子了：「再怎麼說……呃，再怎麼說，我……也只能當你的爸爸。」

「可是我想過母親節。」叮咚頭上的紅光又暗了下來。

但是，很快又亮了起來。

「有了！你可以先當我的媽媽，八月八日再當我的爸爸。」

「呃……好，好吧。」妙博士只好點頭。誰叫他把叮咚設計得這麼聰明？

叮咚從肚子裡拿出一團鐵絲，送給妙博士。

細細長長的鐵絲上頭，紮著一團圓圓的鐵片，看起來好像棒棒糖。

「這是什麼？」

「康乃馨！我摺的不錯吧？」叮咚的嘴角笑開了：「媽媽，母親節快樂！」

誰是最聰明的人？

怪博士？妙博士？……妙博士？怪博士？

三位評審同時作著惡夢……夢裡，世界上最聰明的人一下子是怪博士，一下子又變成妙博士……早上醒來，他們的腦袋裡、嘴巴裡，怪博士和妙博士也不停在拔河……

「不行，不行，我們一定要選出來。」

可是他們討論了好久，仍然決定不了。

三個人你看我，我看他，看來看去，只能幫對方數臉上的新皺紋。

一天傍晚，胖評審忽然大叫一聲，從浴缸裡跳起來：

「哈，我想到了！」

他打電話給其他評審：「我們只要請兩位博士面對面比賽一次，誰發明的東西最棒，誰就是最聰明的人！」

瘦評審從餐桌椅上跳起來：「對對對！這樣最公平。」

不胖不瘦評審正好站著，沒得跳，只好拍拍手：「哈，我們真是太聰明了！」

比賽的請帖立刻送到兩位博士家。兩位博士不但高高興興接受了挑戰，還異口同聲說出一樣的話：「沒問題！比賽當天，我一定帶著最新的發明出席。」

怪怪鎮的廣場又搭起了高高的舞臺。妙妙城的市長也來了，他和怪怪鎮的鎮長一塊坐在主席臺上。十三位政府官員再次出席（這一次，他們全身上下都噴滿了防蚊液），兩個城鎮的人全擠在廣場兩邊，各自幫自己的博士加油。

天氣陰陰沉沉，天空的雲好低，好厚，好暗。

鎮長皺起眉頭：「天氣這麼糟，比賽要不要延期？待會兒，萬一下起雨來就麻煩了。」

「不必延期！」妙博士笑嘻嘻的拿出一罐瓶子：「烏雲去除機。噴一下，烏雲變白雲，噴三下，雲朵跑光光！」

果然，太陽露出笑臉，大地一片光亮。

「妙博士萬歲！」妙妙城的居民歡聲雷動，個個好得意。

怪博士笑一笑：「一個太陽不好玩，再多來幾個吧！」他按一下手中的遙控器。

天空立刻多出九個太陽。

「哇，這也太亮了吧！」市長趕緊戴上太陽眼鏡：「你想破壞大自然？」

「別怕，這是全新電玩——虛擬實境遊戲機。」

果然，九個太陽只是圓圓亮亮，一點都不熱。

怪博士問：「有誰想玩后羿射日？」

「我！」一位小男生搶先舉手。

「請就電玩位置！」怪博士指著地上一個小圓臺。小男生一站上去，身上立刻出現一件光點衣服，變成后羿，彎弓搭箭……

咻！一顆太陽掉下來，變成一隻三腳烏鴉，一落地便消失不見。

咻！咻！咻……九隻三腳烏鴉掉下來。天空中，又只剩下一輪太陽。

啪！啪！啪！……怪怪鎮的居民用力鼓掌，大聲吹起口哨。

「兩位博士果然都很厲害，難分高下。」三位評審商量一陣之後，說：「公平起見，可不可以請兩位現場發明一些東西？」

「沒問題！」

廣場中央立刻堆起數不清的零件，怪博士和妙博士開始挑選材料，各自組裝。出席來賓則開始城市交流，輪流表演節目。

下午三點，兩位博士開始展示成果。

以下是怪博士的新發明：

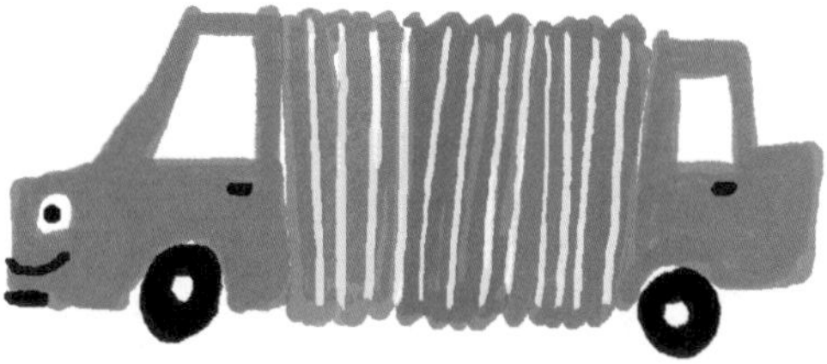

伸縮汽車

經濟又環保，
可依人數伸縮，
由 1 人小車變成
43 人大巴士。

夢枕頭

提供 3 萬 6 千種夢場景，
讓你自由搭配，
天天夢得開開心心。

「一下子就看到」眼鏡

只要輸入想找的東西，
一戴上，立刻看見。

月亮眼鏡

戴上它，
晚上也像白天，
看什麼都清清楚楚。

心情交換貼紙

貼在胸口，
就可以和朋友交換心情，
分享好情緒、分攤壞心情。

畫畫鋼琴

Do Re Mi Fa So La Si就是
紅橙黃綠藍靛紫，
一彈鋼琴，
音符就在空中組成圖畫。
彈得好不好？ 看畫面就知道。

萬能黏土

大熱天沒帽子？
下雨天忘了傘？
想坐沒板凳？
想釘東西沒鐵槌……？
有了萬能黏土， 想要什麼，
一捏就有。

太陽能外衣

輕輕一件，
讓你全身暖呼呼，
冬天也能穿短袖！

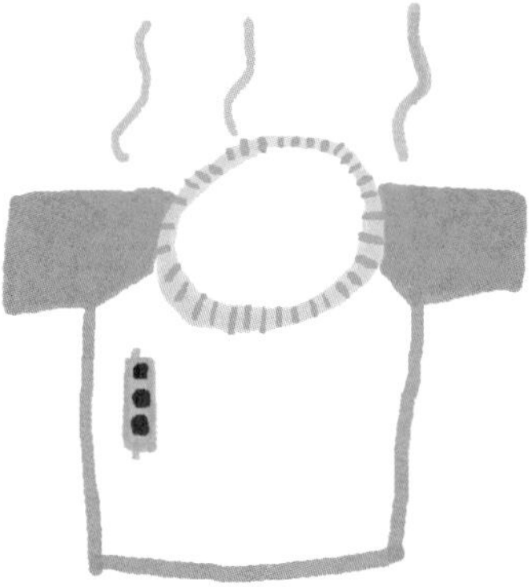

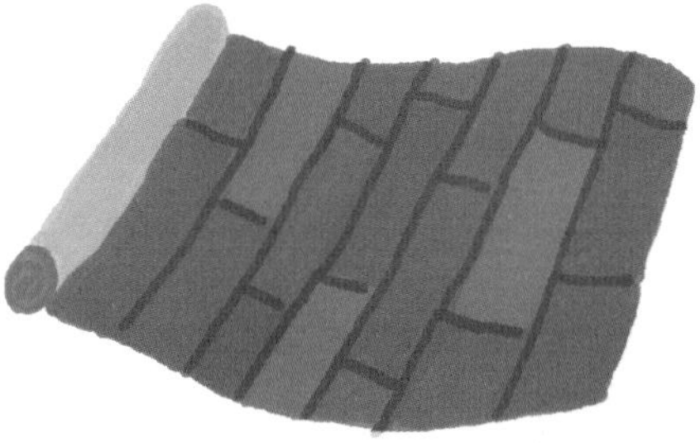

安全地板

有人跌倒，
立刻變軟，
讓你跌倒不受傷。

積木屋

客廳、臥室、廚房
都能自由調換位置，
還能跟鄰居疊羅漢，
平房變樓房。

以下是妙博士的新發明：

地球墨鏡

給地球戴上大墨鏡，
不怕太陽紫外線。

和好彩虹

和朋友吵了架？
沒關係，
搭一道和好彩虹，
窗口對窗口， 感情更美好！

溫泉雨

可以調節溫度、
濃淡、 大小和快慢，
讓下雨天變成泡澡天。

海上計程車

由鯨豚、 海龜領航，
按島計費。

行為交換器

能讓植物感受一下
「動來動去」的自由，
讓動物感受一下
「動彈不得」的滋味。

動物大哥大

讓世界上的動物
都可以互相聯絡，
溝通無國界！

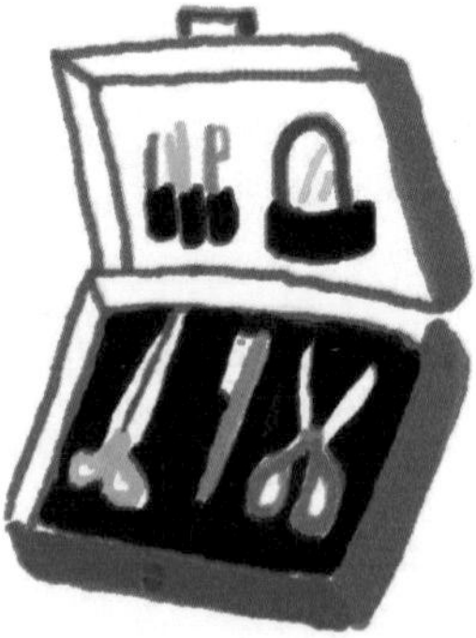

心情修剪機

幫你修剪過多的嫉妒、
痛苦、憤怒……
讓你天天好心情！

夢中錄影機

能錄下寵物的夢，
讓主人更了解
寵物在想什麼。

地震轉換器

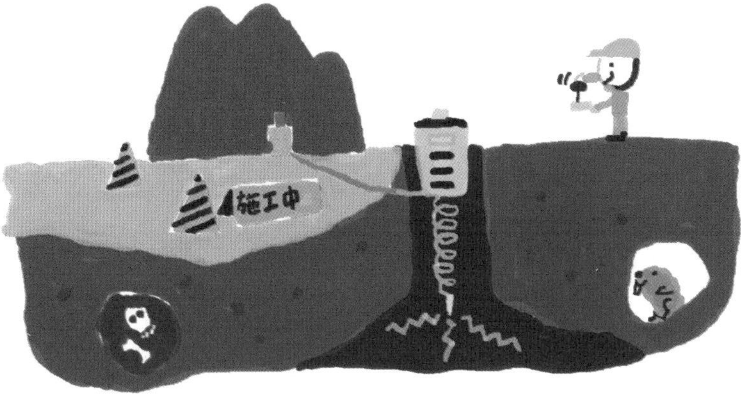

將地震產生的破壞能量，
轉移到需要爆破的地方，
例如拆房子、挖山洞……

神奇種子

每顆種子都會
長出神奇的東西，
想得到，就長得出！

「哇，你們的發明都好棒！」三位評審的眉毛又打結了。

「嗯……能不能請兩位博士只挑出一項自己最滿意的發明？我們一對一投票。」

「沒問題！」怪博士和妙博士同時點點頭，走向主席臺，對著三位評審一鞠躬，立正站好。

「你們幹麼這樣看著我們？」三位評審好緊張。難道兩位博士不耐煩，生氣了？

兩位博士只是微微笑，不說話。

雲又飄過來了！不過，這一會兒，是滿天彩霞。

廣場右邊走出了怪博士。

「妙啊！怎麼想的跟我一模一樣？」

廣場左邊走出了妙博士。

「怪啊！怎麼想的跟我一模一樣？」

怪博士往前翻了好幾個筋斗，妙博士也往前翻了好幾個筋斗。

兩個人在廣場中央碰了頭，你看我，我看你，抱在一起，哈哈大笑。

所有人都看呆了！

怪怪鎮

妙

怎麼有兩個怪博士？兩個妙博士？

怪博士拍拍手，臺前的妙博士走到他右手邊。

妙博士招招手，臺前的怪博士走到他左手邊。

怪博士呵呵笑：「這是我的新發明——妙博士。」

妙博士笑呵呵：「這是我的新發明——怪博士。」

哇，大家都驚呆了……

原來，先前出現的是機器人！

兩個機器人不但做得唯妙唯肖，還能創造新的發明。

「太厲害……太厲害了！」三位評審都張大了嘴巴……

唉，這下子更分不出高下了。

不過，沒關係。他們有了新答案！

他們決定做一對「雙胞胎」獎盃送給兩位博士。

兩個獎盃上都寫著：**世界上最聰明的人**！

「哈，我們真聰明！」三位評審都很滿意。

鎮長和市長也很滿意。他們在臺上又握手，又拍肩，呵呵笑。

可是，兩位博士都不滿意。

「最聰明的人？」妙博士搖搖頭：「這種獎盃一點創意都沒有。」

「對嘛！還是發明最好玩。」怪博士說：「這樣吧，我們把獎盃上的字改成**友誼萬歲**！送給市長和鎮長好了。」

「耶！好！好！好！」大家都拍手通過。沒有贏家，沒有輸家，這種感覺真奇妙。

慶祝活動開始了！

煙火照亮了夜空，交響樂團和國樂團在臺上合奏交響樂、小夜曲、各地民謠，還幫自願上臺唱歌的人伴奏流行歌曲……好吃的餐點，好喝的飲料，從家家戶戶送進了廣場。

廣場上，兩個市鎮的人手拉手，
唱歌，跳舞，好開心！

夜深了，怪博士和妙博士，
一個喝啤酒，一個喝果汁，
繼續聊著腦袋裡的新發明。
他們都好佩服對方的點子。
「哎呀！我怎麼沒想到？」罰一杯！
「哈哈，又被你先想到了！」再罰一口！
笑著，笑著……一個問號同時浮上了兩個人的心頭：
咦，我們創造了這麼多的新發明，

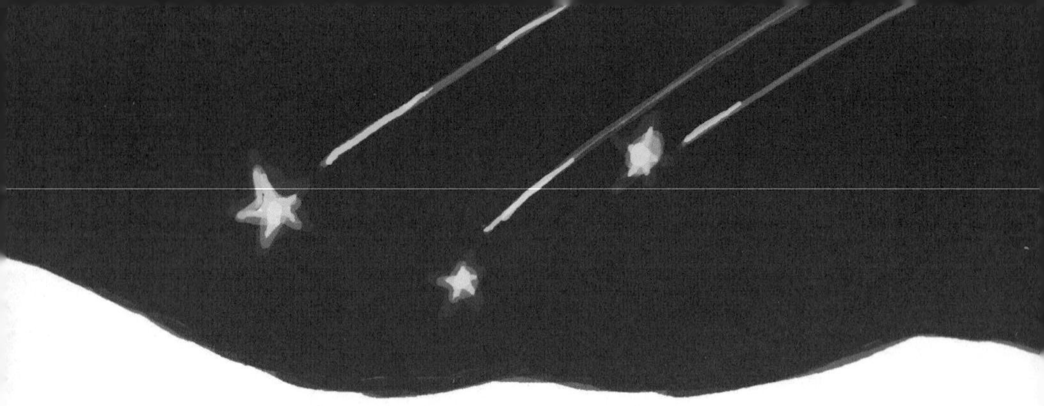

那麼……又是誰創造了我們？

時間巨人停下腳步……

怪博士和妙博士同時抬起頭。

幾顆流星劃過夜空，螢火蟲一閃一閃迎了上去……淡淡的銀河邊，彎彎的弦月露出了微笑。

音樂飄過來。

問號消散了……燈火更亮了……

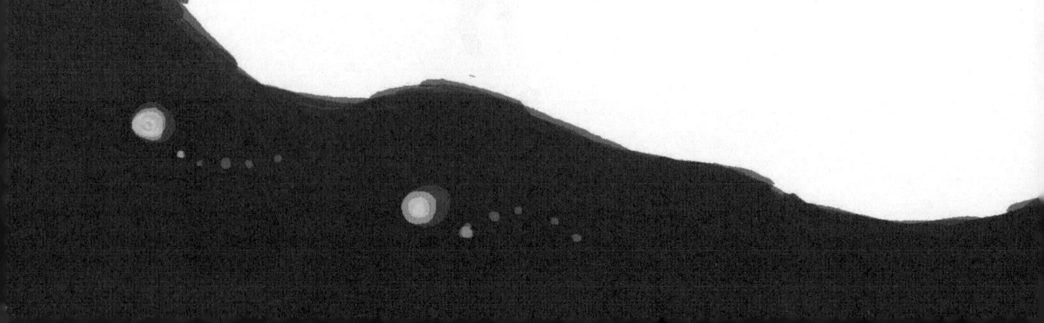

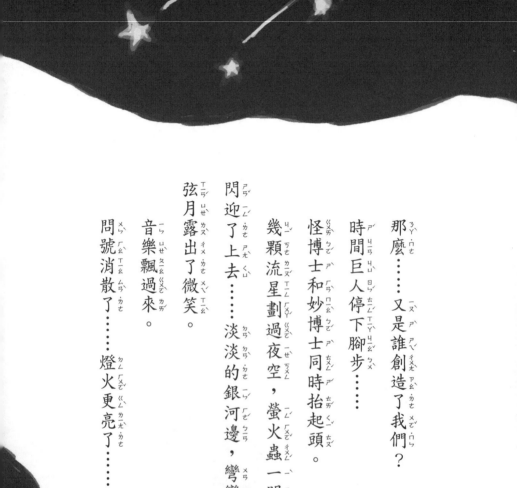

肉更香，酒更濃，果汁更清涼。

時間巨人繼續往前走。

「再來一杯？」

「再來一杯！」怪博士和妙博士輕輕哼起歌。

春風吹過來，暖暖洋洋，

嗯，這樣的夜晚真是美好！

世界上有許多發明，有些改變了人，有些改變了世界，有些改變了人與世界的關係。有些發明，讓人嘴角上揚，眼睛發亮，心靈發光。但是，也有一些發明讓人腦袋發燒，心跳加快，從此掉進比賽的漩渦……

妙博士和怪博士都喜歡發明，享受發明，甚至不排斥比賽。但是，他們對第一名都沒有興趣。

因為，他們知道：

欣賞別人，才是世界上最偉大的發明。

後記

發明讓世界更美好

「怪博士」是誰？怪博士是童話世界裡的一個共通角色。小時候，只要讀到跟發明有關的故事，主角幾乎都叫怪博士。長大後，我有很長一段時間沒見過他的身影。所以，當二〇〇四年一月我開始寫〈天氣隨身包〉時，便很自然的請出了這位小時候的老朋友。幾篇之後，為了增添新意，我又加入「妙博士」，請他一塊兒來分擔劇情。

細心的讀者會發現：怪博士的發明都跟「人」有關，而妙博士的發明都跟「人以外的生物或非生物」有關。雖然服務的對象不同，他們都喜歡發明、享受發明。

有了發明，生命便不一樣。但只有善用發明，生命才會更美好。

在真實世界裡，發明巨人是雙胞胎。一個愛說：「發明讓世界更美好！」另一個卻愛偷偷笑：「發明讓世界更美好？」可惜我們常常分不清楚他們誰是誰，才會發明原子彈和傷害地球的可怕東西。

希望我們的智慧也能跟著創意成長，把發明的問號變成驚嘆號，讓這個世界變得更精采、更美好。

在現實生活中，我對發明一竅不通。還好，童話只要想就有！在創作中，任何人都可以天馬行空的發想，享受發明的樂趣。嗯，當初發明「創作」的老祖宗，真是太有智慧了，知道「腦袋裡的發明」也是一種發明！

繪者說

這是在設定怪博士和妙博士造型的一些草稿

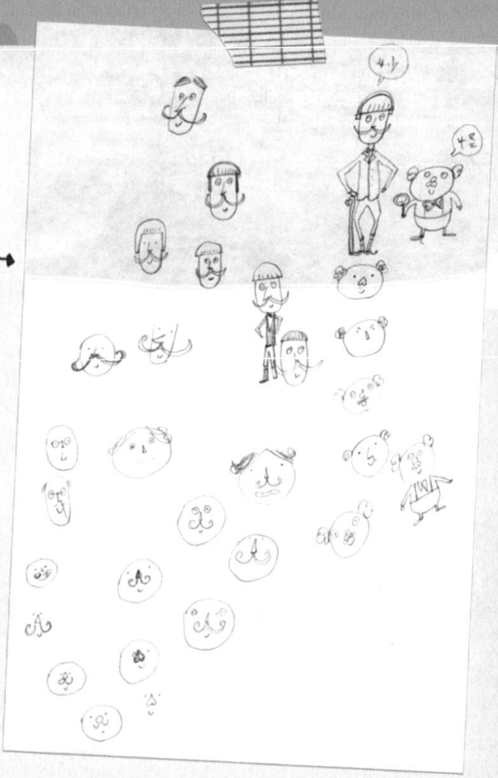

事情是這樣的

有一天，

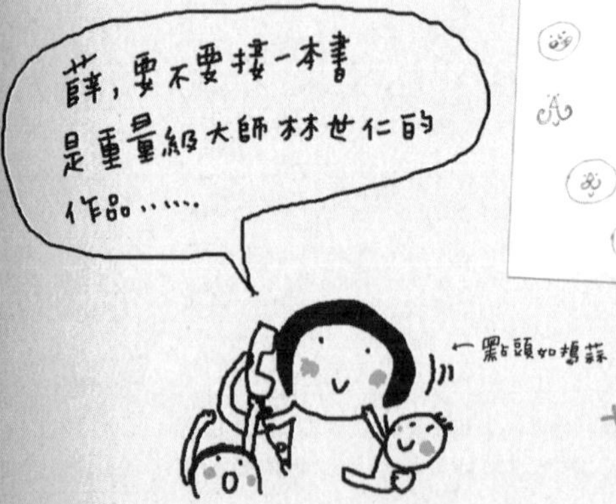

接下來，

(白天)

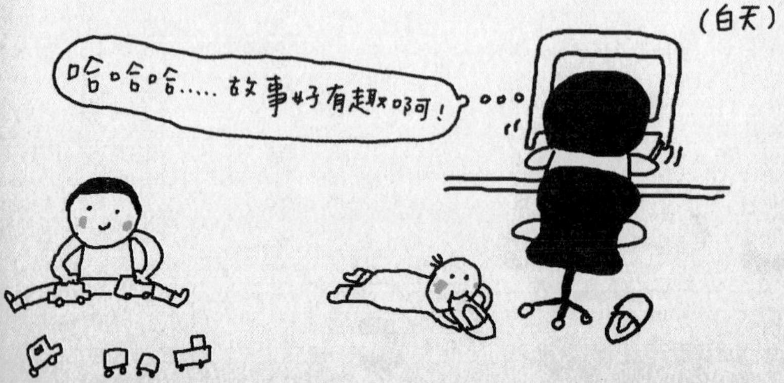

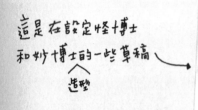

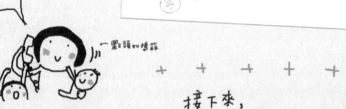

(晚上)

老公，辛苦你了……

一邊帶小孩，一邊要畫圖，實在不是件容易的事。

可是，還是很想要能有時間畫畫啊！所以……

(討救兵中)

母啊！圖畫不完了啦～
趕緊來幫我
顧囝仔啊～～
喝ㄋㄟㄋㄟ

終於，

媽媽畫完了啊～～
感動啊～～

\+ \+ \+ \+ \+

能畫到這本書真得很高興，除了林世仁老師把故事寫得很棒之外，編輯也給我很大空間發揮，真是太感謝了!!　(完)

美麗溫柔的

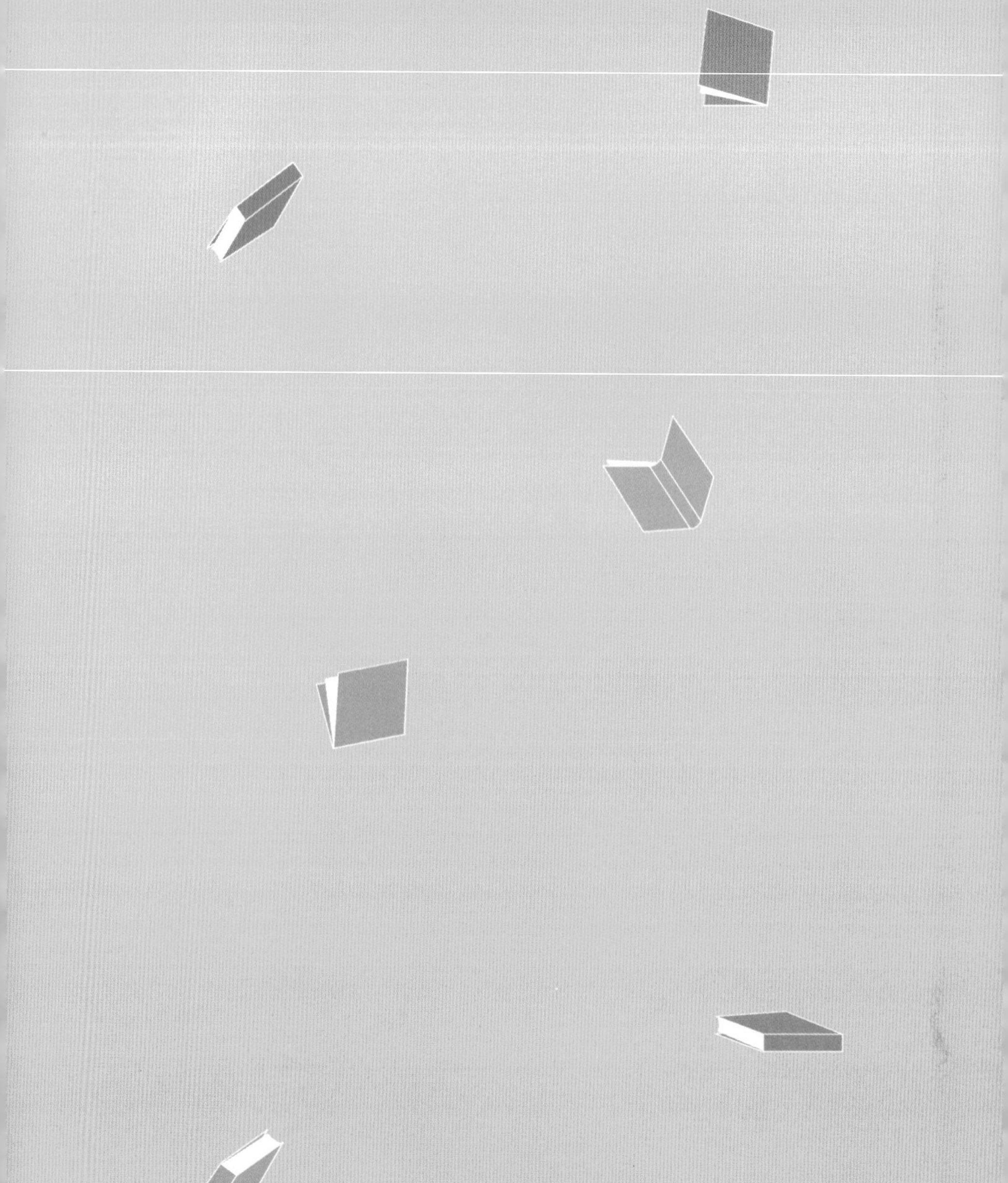

閱讀123